AF400557

THE F FUCK POLICE

Impressum:
Bibliografische Information der Deutschen Nationalbibliothek.
Die Deutsche Nationalbibliothek verzeichnet diese Publikation in der Deutschen Nationalbibliografie; detaillierte bibliografische Daten sind im Internet über http://dnb.d-nb.de abrufbar.
Infinity Gaze Studios AB
1. Auflage
April 2024
Alle Rechte vorbehalten
Copyright © 2024 Infinity Gaze Studios AB

THE
FUCK
POLICE

KAPITEL 1

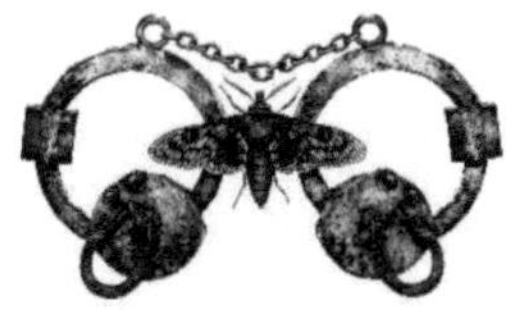

PRISONER

In dubio pro reo – im Zweifel für den Angeklagten. Am Arsch. Seit drei Stunden schon sitze ich hier in dieser gottverdammten Zelle und warte darauf, dass etwas passiert. In der Luft liegt der Gestank von Pisse und Schweiß. Ekelerregend. Da fragt man sich doch, wohin unsere Steuern fließen, wenn nicht in städtische Behördengebäude. Die harte Bank, auf die mein hübscher Hintern geparkt wurde, ist übersät von unzähligen Flecken, deren Herkunft ich lieber nicht in Erfahrung bringen will. Angewidert rümpfe ich die Nase und versuche, eine bequemere Sitzposition einzunehmen. Bei jeder Bewegung klirren die Handschellen, die man mir unerhört grob angelegt hat. So geht man wirklich nicht mit einer Dame um. Ich könnte kotzen.

Wie zum Teufel hatte dieser Job so schiefgehen können?

Es sah nach einer einfachen Nummer aus. Rein – Juwelen stehlen – und wieder raus. Dass ich jetzt in diesem verschimmelten Polizeirevier sitze, ist allerdings nicht allein meine Schuld. Das habe ich der beschissenen Vorarbeit meines Auftraggebers zu verdanken. Es wäre sein Job gewesen, mir zu sagen, dass diese reichen Wichser Bewegungsmelder samt integriertem Notrufsignal in ihrem lächerlich pompösen Sommeranwesen haben. Jede Kamera habe ich sorgfältig lahmgelegt … nur von den Bewegungsmeldern wusste ich nichts. Und ehe ich meinen Tatort verlassen konnte, standen sie schon da … diese inkompetenten Donutfresser. Die lachen sich jetzt wahrscheinlich ins Fäustchen, weil sie einmal einen Erfolg vermelden konnten. Aber das letzte Wort ist noch nicht gesprochen. Ich finde einen Weg hier raus, und zwar schneller, als denen lieb ist. Vorerst sind diese Wichtigtuer mal damit beschäftigt, meine wahre Identität unter all den Fakes herauszufinden. Seufzend lehne ich meinen Kopf nach hinten gegen die grobe Ziegelwand.

„Fuck", murmle ich unzufrieden. Von draußen dringt dumpfer Straßenlärm an mein Ohr. Selbst mitten in der Nacht herrscht in dieser Drecksstadt keine Ruhe.

Plötzlich kommt Bewegung in den Raum. Ein uniformierter Polizeibeamter öffnet die Tür meiner Zelle und gibt mir mit einem Handzeichen zu verstehen, dass ich aufstehen soll. Meine Muskeln und Sehnen schmerzen, als ich folgsam seiner Aufforderung nachkomme. Mit festem Griff um meinen Oberarm führt er mich schweigend einen schmalen Gang entlang. Rechts und links liegen Büros, in denen übermüdete Polizisten versuchen, die Flut an Anrufen und Papierkram zu bewältigen, mit denen dieses Rattenloch sie zu überschwemmen droht. Als wir das Ende des Flurs erreichen, führt der Beamte mich in ein karges Vernehmungszimmer und platziert mich an dem einzigen Tisch im Raum. Wortlos verlässt der Polizist daraufhin wieder den Raum und lässt mich allein zurück. Das grelle Licht der Halogenlampen schmerzt in meinen übermüdeten Augen. Eine gefühlte Ewigkeit vergeht, bis erneut jemand den Raum betritt. Der Duft von frisch gebrühtem Kaffee weht um meine Nase.

„Hier … das wird eine lange Nacht für uns beide."

Begleitet von einem kratzenden Geräusch, schiebt jemand eine große Tasse Kaffee über den Tisch zu mir.

Die braune Flüssigkeit schwappt aufgeregt hin und her, während sich kleine Dampfwölkchen in die Luft erheben.

„Vorsicht. Der ist noch heiß", ermahnt mich der Neuankömmling mit sanfter Stimme, während er auf dem Stuhl mir gegenüber Platz nimmt.

„Detective Layer, wie schön, Sie wiederzusehen", antworte ich mit zuckersüßer Stimme. Der Mann in dem maßgeschneiderten Anzug vor mir ist kein Fremder für mich. Ich habe sein markantes Gesicht oft im Fernsehen gesehen, wenn er wieder versucht hat, den Aasgeiern von der Presse zu erklären, warum er die von mir verursachten Einbrüche und Raubüberfälle noch nicht aufklären konnte.

„Das Vergnügen ist ganz meinerseits. Allerdings ist es doch ein wenig unhöflich, dass Sie meinen Namen kennen, aber ich nicht den Ihren, Miss …"

„Doe. Nennen Sie mich einfach Jane Doe", erwidere ich schelmisch grinsend. Meine schlanken Finger legen sich dabei vorsichtig um die Tasse vor mir. Die wohltuende Wärme zieht direkt in meine Handinnenflächen.

„Nun gut, Miss Doe. Dann behalten wir diesen Namen vorerst bei. Zumindest so lange, bis meine Kollegen Ihre Identität aufgeklärt haben", entgegnet der Detective und lehnt sich dabei entspannt in seinem Stuhl zurück.

„Also, was verschafft mir die Ehre, Sie live und in Farbe zu sehen?", unterbreche ich nach einer Weile die Stille zwischen uns.

„Nun … Sie haben mit Ihren Einbrüchen in den letzten Monaten für viel Aufsehen gesorgt. Es gibt da noch einige ungeklärte Dinge, die ich gerne aus der Welt schaffen möchte", entgegnet er amüsiert lächelnd.

„Ich habe keine Ahnung, wovon Sie da reden. Schließlich bin ich eine rechtschaffende Frau und habe mir nie etwas zu Schulden kommen lassen."

„Lassen Sie die Spielchen. Die Rolle der süßen Unschuld steht Ihnen nicht besonders gut, Miss Doe", fährt er mir mit scharfer Zunge über den Mund.

„Wie unhöflich, so etwas zu sagen."

„Wir haben Sie direkt am Tatort aufgegriffen, kurz nachdem Sie die Juwelen ungerechtfertigterweise an sich genommen hatten", führt Detective Layer weiter aus. Wenn er mich einschüchtern wollte, dann ist ihm das sträflich misslungen.

Ich lehne mich ein Stück weiter nach vorne, bevor ich zu sprechen beginne: „Welche Juwelen? Wenn ich mich recht entsinne, dann hatte ich kein Diebesgut bei mir. Und wenn ich Ihre Kollegen vorhin richtig verstanden habe, dann gibt es auch kein brauchbares Videomaterial, das man mit mir in Verbindung bringen könnte. Ich war nur zufällig dort. Falsche Zeit, falscher Ort. Ich wollte nur etwas frische Luft schnappen, und dann wurde ich ganz plötzlich von Ihren brutalen Einsatzkräften übermannt."

Zu meinem Leidwesen scheinen meine Worte ihn nicht aus der Ruhe zu bringen. Einen Moment lang blickt er mich schweigend an, bevor er sich schlussendlich von seinem Stuhl erhebt und langsam um den Tisch herumgeht.

„Es stimmt. Noch haben wir die Juwelen nicht. Aber ich bin mir sicher, dass wir sie nach einer gründlichen Suche noch finden werden", säuselt er und legt mir dabei von hinten die Hände auf die Schultern. Seine Daumen massieren die freie Haut meines Nackens, genau dort, wo der Hals in die Schultern übergeht.

„Was denn? Denken Sie etwa, ich hätte die Klunker bei mir? Sie dürfen gerne eine Leibesvisitation an mir vornehmen. Ich bin mir sicher, so ein gut aussehender Mann wie Sie geht dabei sehr vorsichtig vor. Aber Achtung, ich bin nämlich kitzelig", entgegne ich zynisch. Plötzlich durchzieht ein stechender Schmerz meine Kopfhaut, als der Detective mich an meinem langen Haar nach hinten zieht.

„Hochmut kommt vor dem Fall, Miss Doe", flüstert er mit dunkler Stimme direkt in mein Ohr. Sein warmer Atem streicht über meine Wange. Er riecht nach Kaffee und Whiskey. „Leider kann ich mit Ihnen hier nicht ganz so verfahren, wie ich es gerne möchte. Zu viele Augenzeugen", lacht er leise und blickt dabei zu dem großen Spiegel, hinter dem sich wahrscheinlich weitere Kollegen versammelt haben, um der Vernehmung ungesehen beizuwohnen. Eine Woge der Erleichterung überkommt mich, als er den schmerzenden Griff endlich aus meinem Haar löst. Ich atme einmal tief ein und versuche, Haltung zu wahren. Langsam erhebe ich mich und drehe meinen Körper dabei in seine Richtung.

„Ich denke, wir haben jetzt genug geplaudert. Wie es mir von Gesetzes wegen zusteht, hätte ich jetzt gerne einen Anwalt. Bis dahin bleiben meine Lippen versiegelt", antworte ich mit ruhiger Stimme und richte dabei seine leicht schiefsitzende Krawatte. Absichtlich ziehe ich den Knoten etwas fester zu, als nötig, sodass ihm für einen Moment die Luft wegbleibt. Lächelnd tätschle ich seine Brust und stelle mich nur wenige Sekunden später an die Zimmertür, damit mich jemand wieder zurück in meine Zelle bringt.

KAPITEL 2

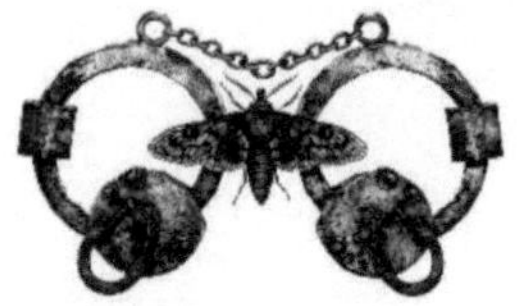

CAGE

Die Stunden ziehen sich wie Kaugummi, und an Schlaf ist nicht zu denken. All meine Versuche, aus der Metallbank und einer dünnen Decke eine einigermaßen bequeme Schlafstätte zu zaubern, waren vergebliche Liebesmüh. Fröstelnd liege ich mit angezogenen Beinen da und versuche, zur Ruhe zu kommen.

„Könntet ihr da draußen mal die Fresse halten?", meckere ich die beiden Polizisten an, die sich direkt vor meiner Zelle lautstark über ihre Nachtschicht austauschen. Die beiden stieren mich einen Augenblick schweigend an, bevor sie ihr Gespräch unberührt fortsetzen. Zornig ziehe ich die Decke über meinen Kopf. Draußen kann ich bereits die ersten Vögel singen hören, und das Licht der Morgendämmerung bahnt sich seinen Weg zu mir.

„Gut geschlafen, Miss Doe?"

Augenrollend ziehe ich die Decke von meinem Kopf und richte mich auf.

„Sehe ich denn so aus, als hätte ich gut geschlafen?", erwidere ich zickig und wende mich Detective Layer zu, der mit einem breiten Lächeln vor meiner Zellentür steht. Er trägt einen anderen Anzug als zuvor und sieht allgemein etwas frischer aus. Wahrscheinlich hat er sich ein paar Stunden Schlaf und eine schöne heiße Dusche gegönnt, während ich in diesem Drecksloch verharren musste.

„Eine schlaflose Nacht tut Ihrer Schönheit doch keinen Abbruch. Stehen Sie jetzt bitte auf, wir machen einen kleinen Ausflug."

„Ein Ausflug?", hake ich irritiert nach, während ich versuche, mit den Fingern das Chaos auf meinem Kopf zu bändigen.

„Die Gefangene wird von mir höchstpersönlich zum Gefängnis transportiert werden. Den Papierkram übernehme ich, Jungs. Gönnt euch erst mal ein schönes Frühstück", erklärt der Detective den verdutzt dreinblickenden Beamten, ohne auf meine Frage einzugehen. Die beiden uniformierten Idioten nicken nach einigen

Sekunden eifrig und lassen mich dann mit dem Detective allein.

„Gefängnistransport? Was hat das zu bedeuten? Ich durfte weder ein Telefonat führen noch mit einem Anwalt sprechen.", empöre ich mich aufgebracht, während der Detective seelenruhig meine Handschellen überprüft.

„Nun mal langsam mit den jungen Pferden. Alles zu seiner Zeit. Du bekommst deinen Anruf schon noch", erwidert er schmunzelnd und gibt mir dann einen Klaps auf den Hintern, damit ich mich in Bewegung setze.

„Bin ich ein Pferd, oder was?", zische ich mit zusammengebissenen Zähnen.

„Wenn es so wäre, dann wärst du ein heißblütige Stute, die nur darauf wartet, von einem erfahrenen Reiter gezähmt zu werden", knurrt er so leise, dass ich ihn kaum verstehen kann.

„Was war das?"

Doch eine Antwort bleibt er mir schuldig. Stattdessen eskortiert er mich aus dem Polizeirevier hinaus zu einem schwarzen Sportwagen.

„Ganz schön protzig, für einen einfachen Polizeibeamten. Versucht da jemand etwas zu kompensieren?", belächle ich das schnittige Gefährt.

Ohne weitere Vorwarnung schubst Detective Layer mich auf den Beifahrersitz. Da ich mich aufgrund der Handschellen nicht selbst anschnallen kann, übernimmt er das für mich. Als er sich über mich beugt, kann ich einfach nicht widerstehen. Ich muss zubeißen.

„Scheiße", brummt Layer, als er sich ruckartig zurückzieht und dabei beinahe seinen Kopf an der Karosserie stößt. Mit seiner großen Hand bedeckt er die Stelle an seinem Hals, an der ich einen kleinen Bissabdruck hinterlassen habe.

„Du kleines Miststück."

„Stell dich nicht so an. Es blutet nicht einmal. Du hast so lecker ausgesehen, da konnte ich einfach nicht widerstehen", kichere ich.

„Du wirst schon noch sehen", entgegnet der Detective, und mein Lächeln erstirbt. In seinen Worten schwingt eine eiskalte Drohung mit. Mit einem lauten Knall schlägt er die Autotür zu. Einige Sekunden lang bin ich allein, bevor er sich neben mich hinter das Lenkrad positioniert. Schweigend setzt er das Fahrzeug in Bewegung und lenkt es auf die Straße. Eine Weile sitzen wir in Stille gehüllt da. Häuser und andere Fahrzeuge ziehen in einem Fluss aus formenlosen Farben an uns vorbei.

„Wo bringst du mich hin?", wage ich nach einiger Zeit zu fragen.

„Zum Gefängnis", antwortet er, ohne dabei den Blick von der Fahrbahn zu wenden.

„Hör auf, mich anzulügen. Das ist nicht der Weg zum Gefängnis. Ich bin zwar in Wirklichkeit blond, aber nicht blöd. Also, ich frage jetzt noch einmal, und ich hätte gerne eine ehrliche Antwort: Wo bringst du mich hin?"

„Interessant, die Lügnerin beschwert sich über die Unwahrheit. Ich bringe dich an einen faszinierenden Ort. Ein Platz, an dem wir deine Grenzen austesten werden. Gedulde dich noch ein klein wenig, wir sind gleich da."

Seine Stimme klingt mysteriös, beinahe unheilvoll. Mir schwant nichts Gutes, dennoch verhalte ich mich still und harre der Dinge.

Eine ganze Weile später erreichen wir einen verlassenen Industriepark am Rande der Stadt. Leere Fabriken und Bürogebäude ragen in grauer Eintönigkeit aus der asphaltierten Erde. Unter den regenschwangeren Wolken wirken sie wie seelenlose Ungetüme mit unzähligen schwarzen Augen.

„Was wollen wir hier?"

Die Irritation in meinen Worten ist nicht zu überhören.

„Das wirst du gleich sehen.", lächelt Detective Layer und legt mir eine Augenbinde um. Ich kann absolut nichts mehr sehen. Gefesselt und blind bin ich ihm nun völlig ausgeliefert. Meinem Sehsinn beraubt stolpere ich neben ihm her, während er mich mit festem Griff führt. Überall riecht es nach Farbe und anderen chemischen Mitteln. Der Weg, den wir zurücklegen fühlt sich schier endlos an. Irgendwann betreten wir ein Gebäude, denn ich kann das Knarzen der Türen hören.

„Vorsicht, Stufen", warnt mich die Stimme neben mir. 75 Stufen, um genau zu sein. Ich habe jede einzelne gezählt. Auf einmal umfängt mich eine unerwartete Wärme. Der chemische Gestank ist verschwunden. Stattdessen kann ich den Duft von Vanille und Jasmin wahrnehmen. Als mir die Augenbinde abgenommen wird, umschmeichelt warmer Kerzenschein meine müden Augen.

„Was zum Teufel?", hauche ich ungläubig. Ich stehe inmitten eines großzügigen Appartements. Vermutlich einst eingerichtet, um Firmenbosse und CEOs zu beherbergen. Von der ursprünglichen Einrichtung ist kaum etwas übriggeblieben und doch liegt ein Hauch von Luxus über allem. Ich lasse meinen Blick über die Inneneinrichtung wandern. In der Mitte des Raums thront ein großzügiges Himmelbett, dessen schwarze, glänzende Bettwäsche einen Hauch Verführung ausstrahlt. Auf einem eleganten Tisch in der Nähe steht eine Auswahl an sündhaft teuren Weinflaschen, zwei feine Kristallgläser und ein üppig bestückter Obststeller. Obwohl es draußen noch hell ist, brennen große und kleine Kerzen und verleihen allem eine beinahe schon romantische Stimmung. Neben dem imposanten Bett wartet ein bequem aussehender Ledersessel darauf, einen Gast zu empfangen. Doch all das ist nichts im Vergleich zu dem mysteriösen Käfig, gerade groß genug für eine Person, der in einer dunklen Ecke des Zimmers steht. Seine Gitterstäbe werfen lange Schatten auf den Boden. Unheilvoll.

„Wie wär es, wenn du dich jetzt erstmal frisch machst, dann besprechen wir die Regeln", schlägt der Detective vor und führt mich derweil direkt zu der freistehenden Badewanne am anderen Endes des Appartements. Er stellt den Hahn auf warmes Wasser und während sich die

Wanne füllt, fügt er ein wohlriechendes Badesalz hinzu. Lavendel, wenn mich nicht alles täuscht.

„Lass mich raten: wenn ich nicht tue was du willst, dann lande ich in diesem Käfig da?"

„So ein schlaues Mädchen. Der Käfig - oder Schlimmeres, sind die Strafe für Missachtung. Aber das wirst du alles noch lernen. Jetzt zieh dich aus."

Seine Worte dulden keinen Widerspruch und ich bin schlau genug, mich nicht mit diesem Mann anzulegen. Ich habe keine Ahnung, was genau er vorhat, aber eines ist sicher: Er hat aktuell die Zügel in der Hand. Also gehorche ich und streife den grauen Gefangenenoverall von meinem Körper. Mein Leib erzittert, als der Detective seine Fingerspitzen über meine Wirbelsäule gleiten lässt. Gekonnt öffnet er mit nur einer Hand die Schließen meines BHs.

„Runter mit dem Slip und dann ab in die Badewanne", befiehlt er überraschend harsch. Ich tue wie mir geheißen und nur Sekunden später umhüllt die wohltuende Wärme des Badewassers meinen Körper. Während ich das duftende Nass genieße, platziert sich Layer am Kopf der Wanne, direkt hinter mir. Er kniet sich auf den

Boden und beginnt sanft meinen Nacken zu massieren.

„Das Spiel ist ganz einfach: tu was von dir verlangt wird und du kommst ungeschoren davon… nun ja… mehr oder weniger", murmelt er in mein Ohr. Während eine Hand zu meiner Schulter wandert, bahnt sich die andere ihren Weg zu meinen Brüsten. Zwischen Daumen und Zeigefinger zwirbelt er meine hart gewordene Brustwarze.

„So viel Mühe für eine unbedeutende Diebin?", keuche ich auf.

„Sei nicht albern. Du bist nicht mein erster Gast hier, aber dafür ein ganz besonderer."

Seine Stimme wird mit jedem Wort dunkler. Fordernd wandert seine Hand weiter nach unten. Hauchzart streicht sie über meinen Bauch, bevor sie schlussendlich zwischen meinen Schenkeln verschwindet. Mein Körper bäumt sich auf, als ich spüre, wie sein Daumen beginnt meine Klitoris zu massieren.

„Warum sollte ich etwas Besonderes sein?", stöhne ich leise.

„Weil du mich gedemütigt hast", antwortet er zischend und verstärkt dabei den Griff um meinen Nacken. Seine Finger schließen sich langsam, aber erbarmungslos um meinen schlanken Hals.

„Verletzter Stolz?", presse ich hervor.

„Vielleicht. Vielleicht auch nicht. Als ich dich zum ersten Mal sah, hätte ich dir am liebsten deinen hübschen Hals umgedreht, mein Vögelchen. Aber dann dachte ich mir, dass es doch viel interessanter wäre, deine Grenzen auszutesten. Wie viel Demütigung erträgst du, bevor du zerbrichst?"

Während er spricht, massieren seine Finger weiter meine geschwollene Lustperle. Immer schneller werden die kreisenden Bewegungen, mit dem er mich dem Höhepunkt entgegentreibt.

„Lass uns gemeinsam herausfinden, wie viel Schmerz und Lust du erträgst. Wo ist bei dir Schluss? Ich kann es kaum erwarten, das herauszufinden."

Ich stöhne laut auf, als er zwei seiner Finger in meiner feuchten Wärme versenkt. Mit seiner Hand an meiner Kehle kann ich mich kaum bewegen. Während seine Finger mich immer schneller ficken, drückt er mir weiter die Luft ab, lässt mir gerade genug zum Atmen. Mein

Körper erbebt, als der Orgasmus wie ein Regenschauer über mein Inneres wandert.

„Ich werde viel Spaß mit dir haben, das verspreche ich dir", säuselt er in mein Ohr, bevor er mir einen Kuss auf den Haaransatz drückt. „Mach dich sauber und dann komm zu mir. Da liegt Kleidung auf dem Stuhl. Ich will, dass du das anziehst."

Schwer atmend beobachte ich, wie er sich seines Hemdes entledigt. Darunter kommen kräftige und wohl definierte Muskeln zum Vorschein. Kunstvolle Zeichen und Muster schmücken in dunklen Farben seine Haut. Achtlos lässt er das Hemd zu Boden fallen, bevor er aus meinem Blickwinkel verschwindet.

„Wo bist du da nur reingeraten?", frage ich mich selbst, bevor ich einmal komplett untertauche.

Nachdem ich eine halbe Stunde später aus der Badewanne gestiegen und meinen Körper in ein weiches Handtuch gehüllt habe, starre ich auf die Kleidung, die Layer für mich bereitgelegt hat. Wobei - Kleidung kann man das nicht nennen. Eher ein Hauch von Nichts. Aber bitte, wenn er dieses Spiel wagen möchte. Für jemanden wie mich, der in den Schatten der kriminellen Unterwelt geboren wurde, sind das Kinkerlitzchen. Ist alles besser als diese beschissene Gefängniszelle. Auf dem Stuhl vor mir liegt ein Ensemble aus kostspieliger Seide und Spitze. Ich kleide mich in die luxuriösen Dessous und schlüpfe in die dazugehörigen Pumps, die ebenfalls für mich bereitgestellt wurden.

„Wie lange willst du mich noch warten lassen?", tönt es vom Bett zu mir her.

„Ich komme ja schon", brumme ich und mache mich auf den Weg. Meine Absätze klicken bei jedem Schritt auf dem glänzend polierten Boden.

„Gefällt dir mein Geschenk?", erkundigt sich Layer und lässt seine Augen dabei fast quälend langsam über meinen Körper gleiten.

„Nicht bequem… aber hübsch", erwidere ich und zupfe dabei an dem hauchdünnen Stoff, der mehr von meinem Körper preisgibt als verbirgt.

„Du gewöhnst dich schon daran", lacht Layer leise und gibt mir ein Handzeichen, dass ich zu ihm kommen soll. Er sitzt mit gespreizten Beinen auf der Bettkannte, den Oberkörper auf der Matratze gebettet. Ich folge seiner Anweisung, gehe auf ihn zu und schiebe mich zwischen seine Knie.

„Auf den Boden."

„Was?"

„Stottere ich? Du sollst dich auf den Boden knien", wiederholte er in harschem Ton seinen Befehl.

Vorsichtig lasse ich mich nieder und knie mich zwischen seinen Beinen.

„Brav. Ich habe noch ein kleines Geschenk für dich, schließ die Augen."

Zögerlich tue ich, was er von mir verlangt. Ich höre etwas rascheln, dann spüre ich kaltes Leder, das sich fest um meinen Hals legt.

„Mach die Augen wieder auf."

Als ich seinem Kommando folgend die Augen wieder öffne, hält er mir einen kleinen Spiegel vor. Um meinen Hals schmiegt sich ein schmales Band aus Leder, mit einem Ring in der Mitte. Davon ausgehend schlängelt sich eine dünne Eisenkette hin zu Layers Hand, die sie mit festem Griff umschlossen hält.

„Hübsch, oder? Habe ich extra für dich anfertigen lassen, denn ich wusste, dass du eines Tages mir gehören würdest", grinst er zufrieden.

„Als wäre ich ein Hund", bemerke ich schnippisch.

„Oh, das bist du. Du bist mein kleines Hau-
stier. Mein Spielzeug."

KAPITEL 3

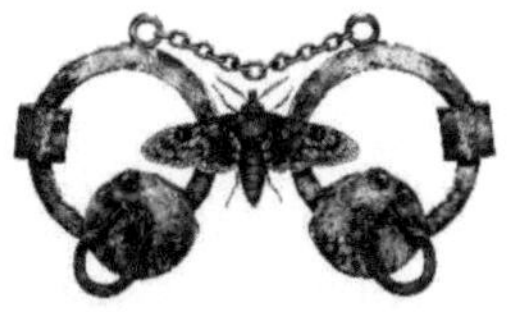

DEEP THROAT PLAYTHING

Ich knie noch immer zwischen seinen Beinen, während er scheinbar gedankenverloren an der Kette spielt, die zu meinem Halsband führt.

„Du warst bei der Vernehmung letzte Nacht nicht ehrlich zu mir. Ab jetzt erwarte ich, dass du mir wahrheitsgetreu antwortest."

Ruckartig zieht er mich an der Kette näher zu sich heran. Sein Atem streicht über mein Gesicht, während er mit rauer Stimme spricht: „Oder du wirst es bitter bereuen."

Ich schlucke schwer und nicke dann langsam.

„Gut. Dann fangen wir mal ganz vorne an. Wo hast du die Juwelen von deinem kleinen Raubzug versteckt?"

Mit zusammengepressten Lippen blicke ich zu ihm auf, nicht willens, mein Geheimnis preiszugeben. Meine Starrköpfigkeit scheint ihn zu amüsieren, denn der Anflug eines Lächelns huscht über sein Gesicht.

„Dann eben anders. Wir werden deinen hübschen Lippen schon noch ein Geständnis abringen. Ungehorsamkeit bedeutet einen Regelbruch. Aber da es dein erster Tag in meinem kleinen Reich ist, will ich mal nicht so sein. Eine Chance bekommst du noch. Solltest du dich jedoch dafür entscheiden, nicht mitzuspielen, wartet der Käfig auf dich."

Die Drohung in seinen Worten ist klar und deutlich. Ein unmissverständliches Versprechen. Will ich weitgehend ungeschoren aus der Sache herauskommen, bin ich gezwungen, ihm vorerst Folge zu leisten.

„Ich habe verstanden", antworte ich mit leiser Stimme, was Layer mit einem zufriedenen Kopfnicken zur Kenntnis nimmt.

Mit seinem Daumen fährt er mir über die Lippen, bevor er ihn mit sanfter Gewalt in meinen Mund schiebt. Ich kann das Metall seines Ringes auf meiner Zunge schmecken. Sie gleitet über seine Fingerkuppe, bevor ich zu saugen beginne. Mit seiner freien Hand nestelt Layer am Verschluss seiner Anzugshose. Gierig spring mir sein erigiertes Glied entgegen.

Ohne ein Wort drückt der Detective meinen Kiefer etwas nach unten, so dass ich den Mund ein Stückchen weiter öffnen muss.

„Streck die Zunge raus", befiehlt er und ich tue, was er verlangt. Seine Augen fixieren die meinen, halten mich in ihrem Blick gefangen, während er mir direkt auf die Zunge spuckt.

„Schluck es runter."

Sein Speichel vermischt sich mit den meinem, als ich alles herunterschlucke.

„Sehr gut. Und jetzt lutsch meinen Schwanz, meine kleine Hure."

Bestimmend schiebt er seinen Penis zwischen meine Lippen. Zentimeter für Zentimeter dringt er weiter in meinen Mund ein. Seine Finger graben sich in meine Haare und drücken meinen Kopf weiter seinem Schoß entgegen. Meine feuchte Mundhöhle empfängt sein gesamtes Glied einladend. Ich kann seine Eier an meinem Kinn spüren, als Layer beginnt seine Hüften langsam vor- und zurückzubewegen. Speichel rinnt meine Mundwinkel hinab, als ich ihn immer wieder vollständig in mir aufnehme. Es fühlt sich an, als würde seine Schwanzspitze von innen gegen meinen Kopf hämmern. Stöhnend bearbeite ich ihn weiter, während sein Schoß zu vibrieren beginnt.

„Du machst das gut. Dein Körper scheint wie geschaffen für meinen harten Schwanz. Ich kann es kaum erwarten, deine Pussy in den kommenden Tagen für meine Begierden auszunutzen."

Stöhnend legt er seinen Kopf in den Nacken.

„Du weißt, dass du mir vollständig ausgeliefert bist. Ach, was könnte ich mit deinem makellosen Körper so alles anstellen. Dein Blick ist verräterisch. Du kannst es kaum erwarten, dass ich dich auf jede erdenkliche Art und Weise benutze. Egal wie schmutzig. Egal wie schmerzhaft. Doch für den Moment ist es an dir, mich zu verwöhnen. Heute wirst du es dir selbst machen. Mit deinen eigenen Fingern. Jetzt sofort."

Auf sein Kommando gleitet meine eigene Hand unter das Gummiband des Slips. Der Stoff ist bereits vollständig durchnässt, so erregt bin ich. Mit den Kuppen von Zeige- und Mittelfinger beginne ich, meine geschwollene Klitoris in sanften Kreisen zu massieren. Ein angenehmes Ziehen breitet sich in meinem Unterleib aus. Mein Stöhnen wird immer lauter, mein Saugen immer gieriger. Ich spüre, dass es nicht mehr lange dauern wird, bis er seinen heißen Samen auf meiner Zunge ergießt.

„Jetzt steck dir zwei Finger in die Fotze und nimm mich tiefer rein, das kannst du doch, oder? Ich will, dass du dich selbst zum Höhepunkt fingerst, während mein Schwanz in deinem verfickten Mund steckt."

Wie befohlen dringen zwei meiner Finger langsam in das feuchte Innere meiner Pussy ein. Ich bewege sie zum Takt seiner Stöße, mit denen er erbarmungslos meinen Mund bearbeitet. Dem Höhepunkt nahe verschwimmt alles um mich herum. Es existieren nur noch er und ich. Zitternd ergibt sich mein Körper den überwältigenden Wogen meines Orgasmus. Fast zeitgleich ergießt Layer sich in mir, flutet meinen Rachen mit dem salzigen Geschmack seines Spermas. Nachdem ich jeden einzelnen Tropfen geschluckt habe, ziehe ich keuchend meinen Kopf zurück. Für einen Moment hatte ich die Befürchtung, dass ich an seinem riesigen Schwanz ersticken könnte. Hustend versuche ich wieder zu Atem zu kommen.

„Tz tz tz…sieh dir nur diese Sauerei an. Das musst du wohl sauber machen. Los, leck es auf."

Mit einer Hand hält er mir seinen Penis entgegen. Ein letzter weißer Tropfen glänzt an seiner Eichel. Ich beuge mich wieder nach vorne und lecke mit der Zunge über seine Spitze, nehme dabei die letzten Reste seines Samens auf. Sorgsam streiche ich seinen Schaft auf- und ab, um auch wirklich alles zu erwischen.

„Gut gemacht", lobt Layer mich und küsst dabei sanft meine schweißbenetzte Stirn. Mit einer geschmeidigen Bewegung erhebt er sich von der Bettkante und verstaut sein schlaff gewordenes Glied wieder in der Hose, bevor er weiterspricht: „Du hast dir eine Nacht in diesem weichen Bett verdient. Morgen werden wir die Befragung weiterführen, aber jetzt mache ich dir erstmal einen Tee für deinen Hals."

Ich beobachte ihn dabei, wie er sich an die für dieses Abbruchhaus überraschend moderne Küchenzeile stellt und ein Heißgetränk für mich zubereitet. Der Duft von Lavendel und Passionsblüte erfüllt den Raum und mischt sich mit dem von anderen ätherischen Ölen. Erschöpft hieve ich mich auf das Bett. Meine Knie sind gerötet und schmerzen höllisch. Ich kann förmlich spüren, wie das Blut zurück in die Adern fließt. Wer weiß, was dieser Mann noch alles mit mir vorhat, um das zu bekommen, was er will. Doch was ist das eigentlich? Geht es ihm tatsächlich nur um die Informationen zu meinen Raubzügen, oder nutzt er das nur als Vorwand? Vielleicht geht es ihm nur um die Befriedigung seiner sexuellen Fantasien? Was ist es, dass er will? Mein Körper? Meine Seele? Oder vielleicht beides?

KAPITEL 4

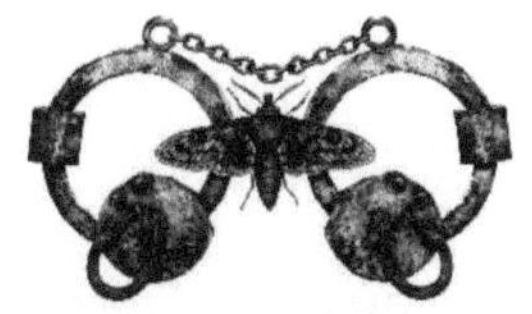

PUSSY DINNER

Am nächsten Morgen erwartet mich ein üppiges Frühstück. Dampfender Kaffee, Käse und Croissants wie aus Frankreich, exotische Früchte und duftendes Brot machen nur einen Teil der üppig gedeckten Tafel aus. Detective Layer steht mit einer Tasse in der Hand an einem der Fenster und lässt seinen Blick nach draußen schweifen. Das Einzige, was er trägt, ist eine Jogginghose. Unter dem hellgrauen Stoff zeichnen sich deutlich die Konturen seines Körpers ab. Die Strahlen der Morgensonne tauchen seinen nackten Oberkörper in ein goldenes Licht. Für einen Moment wirkt es fast so, als wäre er ein göttliches Wesen.

„Steh auf und mach dich fertig, damit wir essen können. Das Frühstück ist die wichtigste Mahlzeit des Tages und du brauchst deine

Kräfte heute", sagt er, ohne mich dabei anzusehen. Ich schlage meine nackten Beine über die Bettkante und tapse barfuß in Richtung des Badezimmers. Es ist ein kleiner, weiß gefliester Raum mit Toilette, Dusche, Waschbecken und einem Spiegel.

Als ich erfrischt aus der Dusche steige, bemerke ich ein neues Dessous-Ensemble, das auf einem Hocker für mich bereit liegt. Ein provokantes Set bestehend aus schwarzer Spitze, die sich wie ein Schmuckstück über meine Haut zieht. Der BH umrahmt meine Brüste lediglich, sodass die Nippel keck herausschauen. Auch der Slip zeigt mehr, als er verdeckt. Im Schritt prangt ein weiter Schlitz, durch dessen Mitte sich eine Perlenkette zieht. Die glänzenden Kügelchen im verführerischen Rot, massieren bei jedem Schritt meine Klitoris und lassen sie erregt anschwellen.

Ich versuche mir nichts anmerken zu lassen, und nehme an dem Frühstückstisch Platz.

„Gefällt dir die Kleidung?", murmelt Layer leise, den Blick weiter aus dem Fenster gerichtet.

„Es sind… luxuriöse Stoffe. Die waren bestimmt teuer", antworte ich und picke dabei einige Erdbeeren und Trauben vom Obstteller.

„Nur das Beste für meine Spielzeuge", erwidert der Detective knapp. Langsam wendet er sich von seinem Ausblick ab und dreht sich in meine Richtung.

„Was für eine Augenweide", brummt er und geht dabei direkt auf mich zu. Erschrocken keuche ich auf, als er meine Stuhllehne packt und mich samt meiner Sitzgelegenheit zu sich dreht.

„Ich dachte, wir probieren heute einmal etwas anderes aus und kümmern uns erst später um meine offenen Fragen."

Während er spricht, schiebt er seine Knie zwischen meine Beine und schiebt sie weiter auseinander. Ich lasse ihn widerstandslos gewähren. Langsam beugt er sich zu mir herunter, bis seine Lippen mein Ohrläppchen kitzeln. Federleicht sind die Küsse, mit denen er meinen Hals bedeckt. Behutsam bahnt er sich mit dem Mund seinen Weg über meinen Körper, Erst der Hals, dann das Schlüsselbein, bis er schließlich meine Brüste erreicht. Ohne Vorwarnung nimmt er einen meiner hartgewordenen Nippel zwischen seine Zähne und beginnt vorsichtig daran zu knabbern. Stöhnend lege ich den Kopf in den Nacken. Seine Zungenspitze rollt über meine Brustwarze. Er saugt und leckt an meiner empfindlichen Knospe, während eine seiner Hände meine andere Brust mit sanftem Druck massiert. Er wechselt immer wieder ab, bis beide Nippel vollständig mit seinem Speichel bedeckt sind. Ein letzter Biss, der mich erregt zusammenzucken lässt, dann bahnt er sich seinen Pfad weiter nach unten. Küssend wandert er über meinen Bauch bis er schließlich des zarte Band meines Slips erreicht. Ich werde immer feuchter, kann spüren, wie sein Atem über meine freigelegte Pussy streicht. Seine Fingerspitzen spielen mit den Perlen, die meine Scham schmücken, und streichen dabei immer wie zufällig über meine Klitoris. Layer geht vor mir auf die Knie. Mit starkem Griff spreizt er meine Beine noch ein Stück weiter.

„Ich kann sehen wie feucht du bist", raunt er gegen meine Innenschenkel. Mit einer Hand greift er in Richtung des Obsttellers und nimmt sich eine Erdbeere. Behutsam streicht er mit der empfindlichen Frucht über meine Schamlippen. Erst rechts, dann links. Ein Lächeln huscht über seine Lippen, als ich aufkeuche. Sachte drückt er die Spitze gegen meine geschwollene Lustperle, bevor er sie schließlich ein winziges Stück in mich einführt.

„Ob du wohl genauso gut schmeckst?", grinst er und führt die Erdbeere zu seinem Mund.

Bevor sie endgültig zwischen seinen Lippen verschwindet, leckt er mit der Zunge über das rote Fruchtfleisch.

„Nein, ich denke du schmeckst noch süßer", sagt er und küsst mich dann. Es ist ein heißer Kuss, voller Leidenschaft und erotischen Verheißungen. In meiner Mundhöhle findet eine wahre Geschmacksexplosion statt. Die Süße der Frucht vermischt sich mit meinem eigenem Nektar und dem Geschmack seiner Lippen. Detective Layer zieht sich langsam aus dem Kuss zurück, während seine Finger weiter mit den Perlen und meiner Klitoris spielen. Sein Kopf verschwindet zwischen meinen Beinen und zum ersten Mal spüre ich seine Zunge an meiner empfindlichsten Stelle. Mein Körper bäumt sich vor Erregung auf. Ich drücke den Rücken durch, um das Becken weiter in seine Richtung zu schieben. Gierig erkundet seine Zunge all die süßen Punkte zwischen meinen Schenkeln und es dauert nicht lange bis er herausfindet, welche Schalter er umlegen muss.

Mit zwei Fingern schiebt er meine Schamlippen auseinander, um besseren Zugang zu

meiner Klitoris zu bekommen. Die Perlen des
Slips reiben bei jeder Bewegung über mein
feuchtes Fleisch und verstärken die Lust in meinem Inneren nur noch mehr. Mit den Fingerkuppen massiert er meine entblößte Lustperle,
bevor er sich ihr wieder mit der Zunge widmet.
Seine nasse Spitze gleitet mühelos über diese
zarte Knospe und treibt mich schier in den
Wahnsinn. Plötzlich dringt er ohne Vorwarnung
mit zwei Fingern in mich ein, während seine
Lippen lüstern zu saugen beginnen. Gekonnt
trifft er den süßen Lustpunkt, der tief in meinem
Schoß verborgen liegt. Ich stöhne laut auf, will
meine Hände in seinem dunklen Haar vergra-
ben, doch zu meiner Enttäuschung hält er mich
zurück. Seine Finger schließen sich beinahe
schmerzhaft um mein Handgelenk.

„Hände auf die Stuhllehne und wehe du
rührst dich nochmal", befiehlt er in rauem Ton.
Seine Lippen glänzen von meinem Liebessaft.
Ich gehorche und tue brav was er will, nur damit
er endlich weiter macht.

Einen Moment lang betrachtet er mein Gesicht, bevor sein Kopf wieder zwischen meinen
zitternden Schenkeln verschwindet. Seine Finger nehmen ihre Arbeit wieder auf, während

seine Zunge sich ihren Weg in meine feuchte Pussy schlängelt. Mein gesamter Körper erbebt, während er mich mit seiner Zunge fickt. Als er damit plötzlich aufhört, breitet sich ein unangenehmes Gefühl der Leere in mir aus. Doch das ist nicht von langer Dauer, denn kurze Zeit später gleiten drei seiner Finger in mein gieriges Loch. Die gezielten und schnellen Bewegungen, mit denen die Kuppen seiner anderen Hand meine Klitoris liebkosen, treiben mich erbarmungslos dem Orgasmus entgegen. Ich kann es kaum erwarten, dieses köstliche Ziehen in meinem Unterleib zu spüren.

„Willst du kommen, meine kleine Hure?"

Eifrig nickend versuche ich meinen Schoß noch weiter in seine Richtung zu lenken. Doch anstatt mir endlich Erlösung zu verschaffen, lacht Layer nur auf.

„Ich schenke dir den geilsten Orgasmus deines Lebens, wenn du mir endlich verrätst, wo du diese beschissenen Juwelen versteckt hast", knurrt er und blickt mir dabei direkt in die Augen.

Zunächst schüttele ich den Kopf, doch dann zieht er etwas an der Perlenkette, so dass die glänzenden Kügelchen mit sanften Druck über meine feuchte Pussy gleiten und mich in neue Höhen treiben.

„Ich weiß es nicht", stöhne ich kaum hörbar.

„Was war das? Du weißt es nicht? Du weißt doch aber welche Strafe dich erwartet, wenn du lügst", erwidert der Detective und presst seine Finger dabei noch weiter in mich hinein. Verzweifelt beginne ich mein Becken zu bewegen, so dass ich seine Finger ficke und mir selbst einen Orgasmus verschaffen kann, doch das ist vergebliche Liebesmüh. Es reicht nicht. Ich will seine Zunge. Ich brauche sie.

„Ich hab sie über die Mauer geschmissen. Sie liegen irgendwo auf dem Anwesen. Vermutlich in einem der Blumenbeete", gestehe ich schwer atmend.

„Na geht doch", grunzt Layer zufrieden, bevor er seine Lippen erneut um meine Klitoris schließt und kräftig zu saugen beginnt. Das Zusammenspiel aus Mund, Fingern und Perlen treibt mich in die vollkommene Ekstase. In einem lauten Schrei bahnen sich die Wogen meines Orgasmus ihren Weg nach draußen. Mein Leib bebt und erschaudert vor Lust und Befriedigung. Ich atme erleichtert auf, lehne meinen Kopf nach hinten und schließe meine Augen.

Selbst Minuten später zucken die Muskeln in meinem Schoß noch immer vor süßer Verzückung.

„Oh, wir sind noch nicht fertig. Ich habe noch immer Hunger", lacht Detective Layer auf und ehe ich mich versehe, schmeißt er mich über seine Schulter, nur um mich Augenblicke später mit roher Gewalt auf das Bett zu werfen.

„Ich hoffe, du hast noch etwas Power für einen kleinen Ritt übrig. Dieses Mal lasse ich dich auch nicht allzu lange leiden. Jetzt weiß ich ja, welche Knöpfe ich drucken muss", schmunzelt er und legt sich neben mir ins Bett.

„Was meinst du?", erkundige ich mich irritiert.

„Ich will, dass du mein Gesicht reitest, Dummerchen", antwortet er ohne Umschweife und gib mir ein Handzeichen näher zu kommen. Mir ist durchaus bewusst, dass jeder Widerstand zwecklos ist. Also positioniere ich mich vorsichtig über seinem Gesicht. Eigentlich habe ich vor, mich langsam hinabgleiten zu lassen, aber da packt er mich schon bei der Hüfte und drückt mich runter. Seine begierigen Lippen empfangen meine noch immer geschwollene Pussy mit ihrer einladenden Wärme. Ich halte mich am

Kopfstück des Bettes fest, um mein Gewicht besser zu verteilen. Unbarmherzig beginnt seine Zunge, wilde Kreise um meine Lustknospe zu ziehen. Mit den Händen gibt Layer mir das Signal, meine Hüften zu bewegen und ihn zu reiten. Als ich tue was er verlangt, spüre ich, dass es dieses Mal nicht allzu lange dauern wird, bis ich komme. Sein Schmatzen vermischt sich mit meinem Stöhnen zu einer lustvollen Symphonie, die den gesamten Raum zu erfüllen scheint. Während er mich leckt, wandern seine Finger zu meinen Hintern. Er gibt mir einen kräftigen Klaps, dessen Abdruck feuerrot auf meiner blassen Haut prangt. Voller Hingabe reite ich sein Gesicht. Unterdessen zieht er meine Arschbacken auseinander, um mit dem kleinen Finger meine Rosette zu liebkosen. All diese Eindrücke sind zu viel für mich. Wie befürchtet kann ich nicht lange standhalten und die Wellen eines zweiten Orgasmus rollen über meinen bebenden Körper hinweg.

„Interessant. Sieht aus, als hätte ich einen weiteren Hotspot an deinem hübschen Körper entdeckt. Das wird bei der weiteren Befragung sehr nützlich sein. Aber für heute, hast du dir eine Pause verdient", kichert Layer leise, als ich vollkommen erschöpft neben ihm zusammensinke. Zu meiner Überraschung zieht er mich in seine Arme und breitet die Decke über unsere Körper aus.

Mit den Fingerspitzen krault er meinen Kopf, während ich langsam in einen traumlosen Schlaf abdrifte. Das erste meiner Geheimnisse hat er gelüftet. Wie viel wird er mir wohl noch entlocken können?

KAPITEL 5

DIAMOND PLUG

Ich weiß nicht, wie viele Tage oder Wochen bereits vergangen sind. Ein Zeitgefühl ist mir mittlerweile vollständig abhandengekommen. Nur der Zyklus von Sonne und Mond verrät mir ungefähr, wie weit ein Tag bereits fortgeschritten ist. Meine ganze Welt beschränkt sich auf dieses Appartement… und Detective Layer. Er lässt mich nie aus den Augen, zeigt mir mit kleinen und großen Gesten, wie viel Macht er mittlerweile über mich erlangt hat. Heute ist der erste Tag, an dem er mich allein gelassen hat. Ich habe etwas Angst, dass er nicht zurückkommen wird. Dass er mich hier allein meinem Schicksal überlässt. Wie lange werden Wasser und Essen wohl ausreichen? Doch bevor ich zu tief in diesen Morast aus düsteren Gedanken versinke, höre ich bereits, wie er die Tür aufschließt.

Ich liege auf dem Bett, gekleidet in ein sündhaft kurzes Kleid aus weißem, durchsichtigen
Stoff. Langsam hebe ich den Kopf, als er hinter
der Zimmerecke erscheint.

„Wo warst du?", frage ich mit sanfter Stimme.
Vielleicht habe ich etwas zu tief ins Weinglas ge-
schaut, denn meine Worte klingen verwaschen.
Ein roter Hauch schimmert auf meinen Wangen.

„Ich habe Geschenke für dich besorgt", antwortet er knapp.

Meine Neugierde ist geweckt.

„Geschenke?", wiederhole ich erfreut und
setze mich im Schneidersitz auf die weiche Matratze. Layer reicht mir eine kleine, schwarze Pa-
piertüte ohne Logo. Vorsichtig werfe ich einen
Blick in das Innere. Mit meiner Hand fische ich
eine Augenbinde aus feinster Seide, sowie einen
Analplug hervor. Am Ende des Sexspielzeugs
funkelt ein roter Farbedelstein. Mein geübtes
Auge erkennt diesen Rubin sofort. 3 Karat, ca.
100.000 Dollar wert und Teil meiner verlorenen
Beute.

„Erkennst du das Schmuckstück wieder?", lächelt mich der Detective wissend an.

„Woher hast du ihn?", hake ich irritiert nach und halte den Plug so, dass sich das Licht der Deckenlampen in dem Stein bricht.

„Bevor die Kollegen die Bestandteile deiner aufgefundenen Beute zu den Asservaten listen konnten, hab ich mir den schönsten herausgesucht. Im Bericht wird stehen, dass man davon ausgehen muss, dass du ihn noch immer bei dir trägst."

„Wundert sich eigentlich niemand darüber, dass ich plötzlich spurlos verschwunden bin?", erwidere ich und verziehe dabei die Lippen. Eine Frage, die mir schon lange unter den Fingernägeln brennt.

„Zerbricht dir darüber mal nicht dein hübsches Köpfchen. Mit Hilfe einiger korrupter Kollegen hab ich das Ding so gedreht, dass es aussieht, als wärst du auf dem Weg zum Gefängnis geflüchtet. Bei einer diebischen Elster wie dir, hat mir jeder die Geschichte sofort abgekauft", lacht Layer laut auf.

„Das nennt man dann wohl Karma", brumme ich.

„Vielleicht, aber jetzt beschäftige dich nicht weiter damit. Ich will, dass du dich ganz auf mich konzentrierst", entgegnet der Detective.

Mit zwei Fingern greift er nach meinem Kinn und zwingt mich ihn anzusehen. Grob drückt er mir einen Kuss auf die Lippen, bevor er mir befiehlt, mich vollständig zu entkleiden und die Augenbinde anzulegen. Während ich tue, was er von mir will, reibt er den Analplug mit einer dünnen Schicht Gleitgel ein.

Nackt, blind und ausgeliefert lege ich mich mit dem Rücken auf das Bett und atme einmal tief durch.

„Das wird dir gefallen", schmunzelt Layer und kniet sich dabei zwischen meine gespreizten Beine. Überrascht keuche ich auf, als er ohne Vorwarnung beginnt, mein Arschloch mit seinem Daumen sanft zu massieren. Mit der anderen Hand beginnt er, meine Klitoris zu stimulieren. Seine Finger sind warm und feucht vom Gleitgel. Sie gleiten mühelos über die empfindlichsten Stellen meines Körpers und entfachen die Lust auf mehr in mir. Als ich vollkommen entspannt bin, spüre ich, wie etwas Kaltes gegen meine Rosette drückt und Einlass verlangt.

„Entspann dich, sonst wird es weh tun. Ich bin auch ganz vorsichtig, das verspreche ich", höre ich Layers dunkle Stimme, wie sie sanft an mein Ohr dringt. Meines Sehsinns beraubt, fühle ich umso deutlicher, wie der Analplug immer tiefer eindringt. Zentimeter für Zentimeter, bis mein Hintern ihn vollständig verschlingt und jetzt von einem fast unbezahlbar wertvollen Juwel geschmückt wird.

„Wenn du nur sehen könntest, wie betörend du in diesem Moment aussiehst. Winkle die Beine an, ich will alles sehen", raunt Detective Layer.

Ich tue wie mir geheißen und höre dabei ein leises Klicken. Durch den dünnen Seidenstoff kann ich Blitzlicht wahrnehmen. Eine Kamera. Er macht Fotos von mir.

„Da ist noch ein Geschenk für dich", sagt Layer und drückt mir etwas in die Hand. Es ist eindeutig ein Vibrator. Er hat eine extra Spitze, die dafür angebracht wurde, um meine Perle zu stimulieren.

„Verwöhn deine hübsche Pussy für mich und lass dir dabei Zeit. Wir wollen das doch beide genießen", fordert er mich auf.

Blind schalte ich das Gerät an und führe den köstlich vibrierenden Gegenstand ganz langsam in meine feuchte Lusthöhle ein. Jeder Zentimeter verstärkt das angenehme Ziehen in meinem Schoß. Als die zusätzliche Spitze meinen Kitzler erreicht, kann ich nicht mehr an mich halten. Meine Atmung wird schneller und ein zuckersüßes Stöhnen verlässt meine Lippen. Wieder ist das Klicken der Kamera zu hören. Wieder werden Fotos von meinem nackten Körper gemacht, der sich vor Ekstase aufbäumt.

„So ist es gut. Stell dir vor, dass das mein Schwanz ist, der dich gerade durchfickt", knurrt Layer aus der Dunkelheit heraus. Immer wieder dringe ich mit dem Sexspielzeug in mich ein und massiere mein Innerstes. Doch als ich zusätzlich noch Layers Zunge an meiner geschwollenen Knospe spüre, habe ich das Gefühl, vor Lust und Leidenschaft zu implodieren. Mein Anus schließt sich dabei immer fester um den Plug und verstärkt den Druck damit nur noch mehr.

„Hör auf", befiehlt der Detective harsch und ich leiste, auch wenn es mir unfassbar schwerfällt, sofort Folge. Ich kann hören, wie er sich selbst entkleidet. Mir festem Griff packt er mich und dreht mich auf den Bauch.

„Arsch hoch", fordert er und schiebt dabei meine Hüfte nach oben, so dass ich gezwungen bin, ihm mein Hinterteil entgegenzustrecken. Er gibt mir einen kräftigen Klaps auf die rechte

Pobacke. Dann zieht er ganz behutsam den Plug heraus.

„Dein süßer Hintern will ihn ja gar nicht mehr loslassen, aber keine Sorge, ich hab da was Besseres für eine gierige Schlampe wie dich", amüsiert Layer sich. Eine schmerzliche Leere erfüllt mich, als der Analplug schließlich vollständig aus meinem Hintern gezogen wird. Doch das schlechte Gefühl ist nur von kurzer Dauer, denn ich spüre, wie sich Layers Zunge ihren Weg zu meiner zuckenden Rosette bahnt.

„Ich kann es kaum erwarten, dich komplett auszufüllen", flüstert er und spuckt direkt auf meinen Anus. In kleinen Kreisen umspielt er mit der Zungenspitze mein empfindliches Loch, verreibt den Speichel und treibt mich schier an den Rand der sexuellen Verzweiflung. Ich will ihn... will seinen Schwanz in mir spüren. Glücklicherweise vergeht nicht viel Zeit, bis seine Penisspitze endlich darum bittet, hereingelassen zu werden. Mit langsamen Stößen dringt er immer tiefer in mein enges Arschloch ein. Mit einer Hand drückt der Detective meinen Kopf tiefer in die Kissen, während er mit der anderen mein Becken weiter zu sich heranzieht.

„Du bist so verfickt eng, das fühlt sich richtig gut an", stöhnt er und beschleunigt dabei sein Tempo. Meine Lustschreie werden von den dicken Daunen der Kissen fast vollständig verschluckt. Ich presse meinen Arsch härter gegen seinen Schoß, um wirklich jeden Zentimeter seines prächtigen Schwanzes in mir aufnehmen zu können.

„Ich will das du kommst", keucht Layer und fährt mit einer Hand zwischen meine Beine. Seine Finger gleiten über meinen Kitzler und verwöhnen ihn nach allen Regeln der Kunst. Er schiebt zwei Finger in meine nasse Pussy. Sein Daumen hält die Massage aufrecht und schlussendlich kann ich es nicht mehr zurückhalten. Zitternd ergebe ich mich dem Orgasmus, der ein Feuerwerk der Endorphine in meinem Körper entzündet. Die Kontraktionen meiner saftigen Muschi sorgen dafür, dass es auch für Detective Layer kein Halten mehr gibt. Pulsierend ergießt er sich in mir. Ich kann förmlich spüren, wie sein Penis das heiße Sperma in meine enge Öffnung pumpt.

„Fuck, das war geil", brummt der Detective und lässt sich dabei neben mir auf das Bett sinken. Vorsichtig nehme ich die Augenbinde ab.

Das Licht brennt etwas in meinen Augen und ich muss ein paar Mal blinzeln, um wieder klar sehen zu können. Schwer atmend und schweißgebadet liegt Layer neben mir. Sein Körper versprüht einen süßlich-herben Duft, der meine Sinne betört. Ich bette meinen Kopf auf seiner Brust. Mit den Zeigefingern fahre ich langsam die Linien seiner Bauchmuskeln nach. Mit einem tiefen Atemzug versuche ich sein köstliches Aroma in mir aufzunehmen. Meine kleine Perle zuckt noch immer vor Freude.

KAPITEL 6

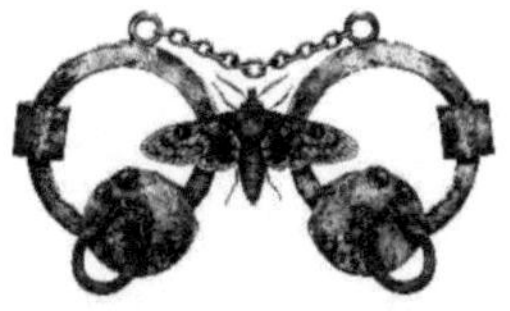

TWO COCKS VS. ONE PUSSY

„Ich frage dich noch ein letztes Mal: Wer war dein Auftraggeber?"

Layers kalte Stimme hallt von den betonierten Wänden des Appartements wider. Kopfschüttelnd presse ich die Lippen zusammen, woraufhin die Peitsche erneut ihren Weg auf meinen nackten Hintern findet. Meine Haut ist bereits ganz rot und pulsiert vor köstlichem Schmerz. Die metallenen Nippelklemmen halten meine harten Brustwarzen in ihrem kalten, unnachgiebigen Griff gefangen.

„Versteh doch… ich kann es dir nicht sagen. Meine Auftraggeber sind einflussreiche Menschen, die darauf vertrauen, dass ich ihre Identität wahre. Sollte ich sie verraten, würden sie ein hübsches Sümmchen auf meinen Kopf aussetzen und die gesamte kriminelle Unterwelt wäre hinter mir her", versuche ich ihm verzweifelt klarzumachen.

„Soll das etwa heißen, dass du mehr Angst vor denen, als vor mir hast? Dann habe ich die letzten Monate aber wirklich schlechte Arbeit geleistet. Ich sehe schon, ich war einfach zu weich. Dann wollen wir mal mit härteren Bandagen kämpfen. Du wirst mir schon noch sagen, was ich wissen will", knurrt der Detective und nimmt mit gespreizten Beinen auf dem Stuhl vor mir Platz. In der linken Hand hält er eine große Stumpenkerze, deren Flamme flackernd aufleuchtet. Layer beugt sich nach vorne und ich fühle, wie das heiße Wachs auf meinen nackten Rücken tropft. Mit zusammengebissenen Zähnen zische ich vor Schmerz auf.

„Immer noch nichts? Na schön, dann eben anders. Geh dich sauber machen und zieh die Kleidung an, die ich für dich zurechtgelegt habe", befiehlt er und lehnt sich dabei sichtlich entspannt zurück.

Etwa eine halbe Stunde später liege ich, wie eine Puppe zurecht gemacht, auf dem Bett. Meine Kurven sind in Spitze gehüllt. Der Stoff trägt einen unschuldigen, zartrosa Farbton. Wieder einmal sind meine Augen verbunden, doch das war wohl nicht ausreichend, denn Layer hat meine Arme mit seinen Handschellen am Kopfstück befestigt. Während ich im Bad war konnte ich hören, wie er mit jemandem telefonierte. Doch jetzt herrscht nur Stille im Appartement.

Auf einmal ist ein verhaltenes Klopfen an der Tür zu hören. Wie wild schlägt mein Herz und ich kann mein eigenes Blut hören, wie es durch die Adern rauscht. Dumpf dringen zwei unterschiedliche Männerstimmen an mein Ohr. Schritte nähern sich, bis sie plötzlich wieder verstummen.

„Das ist das kleine Luder? Ein leckeres Stück."

„Wohl wahr."

„Und ich darf mit ihr machen, was ich will?"

„Wenn es im besprochenen Rahmen bleibt."

Ich höre, wie sich jemand auf den Sessel neben dem Bett setzt.

„Willst du etwa zugucken, Layer? Ich dachte, ich hätte privaten Spaß mit ihr alleine."

Die Stimme klingt unzufrieden.

„Als ob ich dich mit meinem Goldstück allein lasse. Alles was in diesem Appartement geschieht, passiert nur unter meiner Aufsicht. Und jetzt leg los, wir haben nicht den ganzen Tag Zeit."

„Die Kleine macht da einfach mit?"

„Sie weiß was passiert, wenn sie sich widersetzt. Das ist schlimmer als alles, was du ihr antun könntest."

Die Drohung, die mit diesen Worten mitschwingt, ist unmissverständlich. Ich spüre, wie die Matratze unter dem Gewicht einer der Männer nachgibt. Es hat zwar einen Moment gedauert, aber ich bin mir mittlerweile ziemlich sicher, dass ich weiß, um wen es sich handelt. Ich habe seine Stimme schon einmal gehört, und zwar, als ich verhaftet wurde. Das ist einer der anderen Cops. Officer Smith, wenn ich mich recht entsinne. Seine zitternde Hand wandert bereits meinen Schenkel hinauf und seine Finger schieben sich langsam unter meinen Slip.

„Wehe du benutzt nur deine Finger, Smith. Gönn ihr auch ein bisschen deine Zunge. Und du, mein Vögelchen, streckst jetzt deine rechte Hand aus und packst meinen Schwanz", weist Layer uns an und löst dabei meine Fesseln. Ich mache was er will, und umgreife seinen Penis mit meiner Hand. Ich fange an, es ihm zu besorgen, während Officer Smith mein Höschen zur

Seite schiebt und beginnt, meine Pussy mit Fingern und Zunge zu verwöhnen.

„Schneller", stöhnt Detective Layer. Da weder Smith und ich wissen, wer gemeint ist, beschleunigen wir beide unsere Bewegungen.

„Wollen wir das Ganze auf die nächste Stufe heben? Fick sie für mich, Smith. Bring sie für mich zum Kommen", bestimmt Layer. Ohne Zeit verstreichen zu lassen, zerreißt Officer Smith meinen zarten Slip mit einer schnellen, gierigen Bewegung.

„Verdammt, Smith. Das Zeug ist scheiße teuer. Noch so ein Ding und ich werfe dich ohne Klamotten hier raus, dann kannst du deiner lieben Frau ja mal erklären, was du an deinem freien Nachmittag so getrieben hast."

Detective Layer klingt zornig. Ich spüre, wie er mein Gesicht umfasst, und es zu sich dreht.

„Blick in meine Richtung. Ich will deinen Ausdruck sehen, wenn er in dich eindringt", schnurrt er und schnippt dann mit den Fingern. Auf dieses Kommando hin dringt Officer Smith mit einem heftigen Stoß in mich ein. Mehr als vor Überraschung als Schmerz, keuche ich auf.

„Ja, genau so", höre ich Layers verzückte Stimme. Seine Finger graben sich in mein Haar und drehen meinen Kopf weiter zur Seite. Ich fühle, wie er seinen steifen Schwanz in meine Mundhöhle schiebt. Meine Lippen umschließen willig sein Glied und ich beginne gierig daran zu saugen.

„Mach langsamer, Smith. Ich will, dass sie erst kommt, wenn ich ihren süßen Mund mit meinem Sperma fülle. Sie soll jeden einzelnen Tropfen schlucken."

Officer Smith Hände wandern derweil zu meinen Brüsten, massieren sie und befreien sie aus ihrem Gefängnis aus rosa Spitze. Er rollte meine hartgewordenen Nippel, zwickt und liebkost sie abwechselnd. Sein Penis ist bei weitem nicht so lang wie der von Layer, was mich ein wenig frustriert.

„Unzufrieden, meine Liebe?", neckt mich Layer. Ich nicke und lutsche dabei weiter an seinem Schwanz.

„Sieht aus, als müsste ich meine Pläne ändern. Smith, zieh deinen mickrigen Schwanz aus ihr. Mir scheint, du bringst es nicht wirklich", schnauzt Detective Layer den anderen Polizisten an, welcher aufs Wort folgt. Ohne Vorwarnung zieht Layer dann sein Glied aus meinem

Mund und positioniert sich neben Smith auf dem Bett.

„Machs mir einfach nach, ich zeig dir, wie du dieses kleine Vögelchen zum Singen bringst", säuselt Detective Layer und beide beginnen zeitgleich, meine nasse Muschi mit ihren Zungen zu verwöhnen. Mein Körper bäumt sich vor Lust auf und ich kann ein lautes Stöhnen nicht zurückhalten. Die Zungen massieren meinen sensiblen Kitzler in einem gemeinsamen Rhythmus und ich merke, wie mir die restlichen Sinne schwinden.

„Scheint so, als wäre das kleine Luder mit nur einem Schwanz unzufrieden, aber da können wir Abhilfe schaffen", brummt Layer gegen meine geschwollenen Schamlippen. Er knabbert für wenige Sekunden an meiner Lustperle, bevor er sich wieder erhebt.

„Ich will, dass du mich reitest", flüstert mein Detective mir zu. Ich nicke bereitwillig und wechsle die Position, so dass ich direkt auf seinem Schoß Platz nehmen kann. Um ihn ein wenig zu ärgern, streiche ich mit meiner feuchten Möse über seinen Schwanz. Meine pulsierenden Lippen sind so nass, dass sie sich direkt an seinem Schaft festsaugen.

„Genug gespielt", knurrt Layer, packt meinen Hintern und schiebt mich direkt auf seinen Penis. Ich keuche erregt auf und beginne sofort gierig meine Hüften zu bewegen.

„Lieg da nicht so faul rum, Smith. Das ist deine Chance."

Ich spüre wie sich der andere Polizist bewegt und direkt hinter mir platziert. Zunächst versucht er seinen mickrigen Schwanz ebenfalls in meine Pussy zu schieben, aber Layers Penis ist so dick und dominant, dass für ihn kein weiterer Platz ist. Beleidigt grunzend presst er seine Eichel dann gegen mein kleines Arschloch. Mit festem Griff spreizt er meine Pobacken und spuckt direkt auf meine Rosette, was mir ein überraschtes Keuchen entlockt. Nachdem er den Speichel mit seinem Daumen verrieben und meinen Schließmuskel ausgiebig massiert hat, schiebt er sein Teil langsam, aber unnachgiebig in meinen engen Eingang.

„Nicht schlecht, Smith. Die Kleine kommt langsam auf Touren", grinst Layer und verpasst mir dabei einen kräftigen Schlag auf den nackten Hintern. Die beiden Männer ficken mich nach allen Regeln der Kunst. Mein Schoß droht zu explodieren und meine Löcher sind köstlich weit gedehnt. Ich schiebe zwei meiner Finger zwischen Layers Lippen, woraufhin er hungrig zu saugen beginnt. Als sie vor Speichel feucht glänzen, beginne ich mit ihnen meine Klitoris zu massieren. Ich will so dringend auf seinem Schwanz kommen, dass meine Bewegungen immer schneller werden. Mein Hintern hüpft wild auf und ab, während ich Layer, einer Göttin gleich, reite. Seine Hände kneten dabei meine Brüste und ich kann spüren, wie sich die Muskeln in seinem Becken anspannen. Ich übe ein letztes Mal gezielten Druck mit meinem Daumen aus, bevor ich in einem intensiven Orgasmus vergehe. Für einen kurzen Moment ist mein kompletter Körper angespannt, als würde er die beiden Schwänze für immer in sich behalten wollten. Dann kehrt die Entspannung ein. Erst jetzt bemerke ich, dass Layer ebenfalls gekommen ist und noch immer stoßweise Sperma in meine Muschi pumpt.

„Fuck, Layer. Ich bin noch nicht fertig", schnauft Smith unzufrieden.

„Und wessen Problem ist das jetzt? Du hattest deine Chance, jetzt zieh deinen Mikropenis raus und verschwinde von hier."

„Was? Nein. Gib mir fünf Minuten allein mit der Schlampe, mehr brauche ich nicht", quengelt Smith. Mit roher Gewalt zieht er mich von Layer herunter und presst meinen Rücken gegen seine Brust. Zielsicher wandern seine Hände zu meinem Hals und beginnen mich zu würgen. Ängstlich schnappe ich nach Luft, doch da ist der unangenehme Druck auch schon wieder verschwunden. Ich reiße die Augenbinde von meinem Gesicht. Breitbeinig thront der Detective über Smith, der mit blutender Nase auf dem Boden liegt.

„Fass sie noch einmal an und ich breche dir jeden beschissenen Knochen in deinem jämmerlichen Körper. Haben wir uns verstanden?", mahnt Layer mit bedrohlicher Stimme. Smith nickt verängstigt, rafft seine Sachen zusammen und verlässt stolpernd das Appartement.

KAPITEL 7

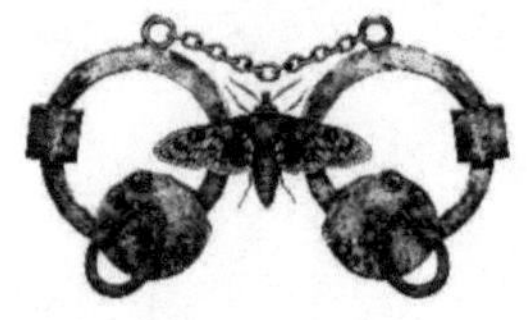

PUSSY FLESH

Nach dem Vorfall mit Smith gönnt Layer mir und meinem Körper eine wohlverdiente Auszeit. Statt wilden Sexspielen und harten Vernehmungen stehen Massagen und Wellness-Bäder auf der Tagesordnung. Ich genieße diese Behandlungen zwar sehr, doch meine kleine Pussy verzehrt sich bereits seit einigen Tagen nach seinem Schwanz. Ich will ihn in mir spüren, will meinen nackten Körper an seiner schweißnassen Haut reiben. Und heute Abend, scheinen meine Gebete endlich Gehör zu finden. In einer Schachtel samt roter Schleife, warten neue Dessous darauf, meinen Körper zu schmücken. Dieses Mal ist es ein Set bestehend aus feinem Leder und kalten Metallringen. Und wieder zeigt dieser Fetzen Stoff mehr, als er verdeckt. Meine Nippel, jeweils umrahmt von einem glänzenden

Ring, strecken sich steif der kalten Luft entgegen. Layer sitzt entspannt auf dem Sofa und betrachtet mich eingehend. Mit einem zufriedenen Nicken bedeutet er mir, auf seinem Schoß Platz zu nehmen. Er ist komplett nackt und sein erigiertes Glied streckt sich mir neckisch entgegen.

„Heute habe ich eine ganz besondere Überraschung für dich, mein kleines Vögelchen. Glaub mir, du wirst sie lieben", flüstert er gegen meinen Hals, nachdem ich mich möglichst komfortabel auf seinem Schoß platziert habe.

„Sie?", hauche ich gespannt, woraufhin er nur stumm nickt. Er tippt etwas in sein Handy und plötzlich betritt eine mir fremde Frau das Appartement. Sie trägt einen Mantel und eine schwarze Augenbinde aus feiner Spitze. Ihr schwarzes Haar fällt in dicken Wellen über ihre schmalen Schultern. Ihr Teint verrät, dass sie Südländerin sein muss. Als Layer mit den Fingern schnippt, löst sie wortlos den Gürtel ihres Mantels, der daraufhin raschelnd zu Boden gleitet. Darunter kommt ihr nackter Körper zum Vorschein. Sie trägt nichts weiter außer einem Paar roter High Heels.

„Wer ist das?", frage ich neugierig, ohne meinen Blick von ihrem kurvenreichen Körper zu lösen.

„Ihr Name ist belanglos. Sie ist wie du ein Teil der kriminellen Unterwelt und uns vor wenigen Tagen ins Netz gegangen. Allerdings war sie bereit, einen kleinen Deal einzugehen. Sie steht mir für heute zur Verfügung und dafür erspare ich ihr das Gefängnis", erklärt Layer ruhig.

„Ein Pakt mit dem Teufel", murmle ich, was Layer laut auflachen lässt.

„Danke für das Kompliment", grinst er, bevor er sich wieder der fremden Frau widmet, „setz dich auf den Boden, spreiz die Beine und mach es dir selbst. Biete uns eine gute Show, sonst platzt der Deal."

Während die Frau tut, was er von ihr verlangt, widmet sich Layer meinem Hals. Behutsam schiebt er eine Haarsträhne zur Seite, bevor er sich in sanften Küssen einen Weg über meine empfindliche Haut bahnt. Fasziniert beobachte ich die andere Frau dabei, wie sie sich selbst tiefer in die Ekstase treibt. Ihre schlanken Finger massieren gekonnt ihre feuchte Pussy. Mit der anderen Hand knetet sie ihre Brust, zwirbelt ihren Nippel zwischen zwei Fingerkuppen. Ihr

Becken beginnt sich zu bewegen. Erst langsam, dann immer schneller, bevor sie schließlich zwei Finger in ihre heiße Möse versenkt. Ihre Atmung beschleunigt sich und sie legt genüsslich den Kopf in den Nacken, spreizt dabei die Beine noch ein bisschen mehr, damit wir alles sehen können. Ich spüre, wie meine eigene Erregung immer weiter anschwillt. Ein köstliches Ziehen, das sich zwischen meinen Beinen ausbreitet.

„Gefällt dir das? Du siehst aus, als würdest du mitmachen wollen", wispert Layer und knabbert dabei zärtlich an meinem Ohrläppchen. Ohne den Blick von der Frau zu lösen, nicke ich zustimmend. Der Detective grinst schelmisch, bevor er mich vorsichtig von seinem Schoß schiebt und auf die Fremde zugeht. Erbarmungslos zieht er sie vom Boden hoch und unterbricht dabei ihr erotisches Treiben. Er schubst sie in meine Richtung, bevor sie schlussendlich direkt vor mir zum Stehen kommt. Mit starkem Griff drückt Layer ihren Oberkörper nach unten, so dass sich unsere Nasenspitzen fast berühren. Ich kann sehen wie sie ihr Gesicht leicht verzieht, als sein pralles Glied ohne Vorwarnung in sie eindringt. Eine Mischung aus Schmerz und purer Lust zeichnet sich auf ihrem Gesicht ab, als er sie mit harten Stößen penetriert. Lüstern lecke ich über ihre Unterlippe, bevor unsere Münder zu einem heißen Kuss verschmelzen. Gierig stecke ich ihr die Zunge in den Hals und sie beginnt sofort daran zu saugen. Es gefällt mir, dass ich ihr den Atem raube. Tänzelnd reiben sich unsere Zungen aneinander. Ihr ganzer Körper vibriert, während Layer sie bearbeitet. Ich greife nach ihren Brustwarzen und zwicke sie neckisch. Auf einmal greift der Detective nach ihrem Haar und zieht sie ruckartig wieder nach oben. Seine Finger wandern zu ihren Schamlippen und ziehen sie auseinander, so dass ich einen direkten Blick auf ihre glänzende Perle habe.

„Willst du alles von ihr kosten?", keucht Layer, was ich mit einem eifrigen Nicken bejahe. Langsam gleite ich von dem Sofa auf meine Knie. Mit der Zungenspitze lecke ich vorsichtig über ihre Klitoris. Sie zuckt erregt und ich genieße das Gefühl der Macht. Immer größere Kreise zieht meine Zunge und berührt dabei auch Layers Finger, der die Schamlippen noch immer spreizt. Eifrig sauge ich an seinen Fingerspitzen, bevor ich mich wieder diesem köstlichen Kitzler widme. Die Frau stöhnt laut auf, als ich ihn zwischen meine Lippen nehme und fest sauge.

Mit der Hand suche ich nach Layers Schaft und spiele an ihm herum, während er weiter die Fremde fickt.

„Fuck… du kleines Luder", brummt er heiser.

Plötzlich löst er sich von der schwarzhaarigen Schönheit und flüstert ihr etwas ins Ohr, woraufhin sie im Schlafzimmer verschwindet. Ich sehe ihr verdattert nach, doch da packt der Detective bereits mein Kinn. Er dreht meinen Kopf in seine Richtung und drückt mir einen lustvollen Kuss auf die Lippen. Seine Hände erkunden ausgiebig meinen zittrigen Körper, massieren sanft meine Kurven und treiben mich so weiter in die Ekstase. Auf leisen Sohlen kommt unsere Gespielin nach wenigen Minuten aus dem Schlafzimmer zurück. Um ihre Hüften trägt sie einen dünnen Slip, der mit einem Strap-On Dildo bestückt ist.

Bevor Layer sich von mir löst, beißt er mir ein letztes Mal verführerisch in die Unterlippe, was mich wie ein Kätzchen fauchen lässt.

„Leg ihr die Handschellen an und nimm sie auf dem Boden. Ich will, dass du meiner Süßen hier das Hirn rausfickst", befiehlt Detective

Layer der schönen Fremden, welche daraufhin nur wortlos nickt. Sie drückt mich mit sanfter Gewalt auf den nackten Boden, während der Detective auf dem Sofa Platz nimmt. Von seiner Position aus hat er den besten Blick auf unser Liebesspiel. Als meine Haut mit feuchten Küssen bedeckt wird, beginnt er langsam seinen Schwanz zu massieren. Jede Faser in meinem Körper ist zum Zerreißen gespannt, als die Frau sich ihren Weg nach unten bahnt. Ihre Lippen liebkosen dabei meine steifen Nippel, lecken und saugen an ihnen, bevor sie ihren Pfad abwärts fortführt. Mit der Zunge umspielt sie meinen Bauchnabel. Erschrocken keuche ich auf, als sie plötzlich meine Beine spreizt und ihre Zungenspitze ohne Vorwarnung in meiner Pussy versenkt. Doch das scheint ihr nicht genug zu sein, denn sie versenkt zusätzlich noch zwei Finger in meinem feuchten Loch. Mein Körper schreit nach Erlösung und mein Becken kreist zum Takt ihrer Bewegungen. Ihre schlanken Finger gleiten mühelos in mich hinein und treiben meine Lust in ungeahnte Höhen.

„Genug mit dem Vorspiel. Nimm sie jetzt von hinten. Ich will ihr hübsches Gesicht sehen, wenn du es ihr besorgst", fordert Layer in strengem Ton und seine Sklavinnen gehorchen ihm aufs Wort. Wie eine läufige Hündin begebe ich mich auf alle Viere und strecke meinen Hintern in die Höhe. Mein Atem wird schneller, als der kalte Dildo mit unnachgiebigen Stößen in mein Inneres getrieben wird. Er ist so prall, dass er mich vollständig ausfüllt. Meine Partnerin packt mich mit festen Griff an den Hüften und schiebt mich immer weiter auf das künstliche Glied, so dass ich laut zu stöhnen beginne. Meine Geräusche mischen sich mit denen von Layer, der immer schneller an seinem Penis herumspielt. Er ist dem Höhepunkt nahe, das kann ich in seinen Augen sehen. Ihm gefällt es mich dabei zu beobachten wie ich gefickt werde. Unsere Blicke treffen sich. Mein Mund öffnet sich leicht, als die Stöße des Dildos schneller und härter werden.

„Wenn du es mit dem Dildo nicht bringst, dann muss du wohl noch Hand bei ihr anlegen. Ich will meine kleine Schlampe vor Ekstase schreien hören", keucht Layer. Sein Hinweis ist eindeutig und sofort spüre ich, wie fremde Finger beginnen, meinen Kitzler zu massieren. Das alles ist zu viel für meinen elektrisierten Körper. Schreiend und bebend ergebe ich mich dem köstlichen Gefühl, dass der Orgasmus durch jede Ader meines Körpers jagt. Das Kribbeln lässt nicht nach, denn ich werde weiter mit unnachgiebigen Stößen bearbeitet, bis auch Layer schlussendlich sein Sperma über die eigene Hand ergießt.

„Gute Arbeit, du kannst jetzt gehen. Der Deal steht. Du hast deinen Teil erfüllt und ich werde mein Versprechen ebenfalls halten", nickt er der Fremden zu, die daraufhin beinahe fluchtartig, nur in ihrem Mantel gekleidet, die Wohnung verlässt. Ich hingegen bleibe schwer atmend auf dem Boden zurück, noch immer auf allen Vieren.

„Das ist ein Anblick, der mir gefällt", schmunzelt der Detective. Er kommt auf mich zu und gibt mir einen Klaps auf den Hintern, bevor er sich zu mir kniet. Mit seiner Zunge verwöhnt er meine zarte Rosette.

„Ich kann nicht mehr", flüstere ich erschöpft. Meine Worte lassen ihn innehalten.

„Du kannst nicht mehr? Ist deine kleine Pussy etwa zu empfindlich nach all der Fickerei?", lacht er und streicht dabei mit den Fingern über meine Schamlippen. Selbst diese kleine Berührung lässt mich winselnd zusammenzucken.

„Sieh an, sieh an. Du weißt, dass du mir gehörst, oder? Wenn ich deine kleine feuchte Fotze oder dein Arschloch ficken will, dann mach ich das einfach. Deine Zustimmung ist dafür nicht unbedingt erforderlich. Aber… ich will mal nicht so sein. In den letzten Tagen warst du ein sehr braves Mädchen, weswegen du dir eine kleine Pause verdient hast. Ich lasse dir ein entspannendes Bad ein", schnurrt er mit tiefer Stimme und erhebt sich.

„Keine Vernehmung? Keine Fragen über meine Auftraggeber?", hake ich mit hochgezogener Augenbraue nach. Langsam drehe ich mich zu ihm um.

„Kleine Diebin… hast du noch nicht bemerkt, dass es hier schon lange nicht mehr um Verbrechensaufklärung geht? Es ging die ganze Zeit nur um dich", zwinkert er mir zu.

KAPITEL 8

TAMED

Zeit vergeht. Das ist so sicher wie das Amen in der Kirche. Aus Tagen werden Wochen, dann Monate und schließlich vergeht ein Jahr wie im Flug. Mit der richtigen Methode kann man jeden Vogel zum Singen bringen und all die Geheimnisse lüften, die einst vor einem verborgen lagen. Kontrolliere den Körper, kontrolliere den Geist. Werde zu einer Droge, nach der sich dein Gegenüber verzehrt und schon bald bekommst du alles von ihm oder ihr was du willst.

Detective Layer kennt diese Regeln und genau das ist der Grund, warum er alles bekommen hat. Die Juwelen, die Auftraggeber, meinen Körper und meinen Geist. Ich bin ihm verfallen. Es gab so viele Momente, in denen ich hätte fliehen können. Schlüssel, Dienstwaffe, Handy… all das lag oft genug direkt vor meiner Nase. Ich hätte nur danach greifen müssen, die Freiheit an mich reißen. Aber ich wollte nicht. Zu süchtig bin ich nach seiner Aufmerksamkeit, seinen Berührungen und Liebkosungen. Dem Spiel aus Schmerz und Zuneigung wurde ich bereits in der ersten Nacht zum Opfer. Wie dumm von mir zu denken, dass ich diejenige wäre, die die Zügel in der Hand hält.

Wann genau der Zeitpunkt war, an dem ich bereitwillig alles, inklusive mir selbst, aufgab? Ich kann es nicht sagen.

Fühle ich mich schlecht deswegen? Nicht wirklich.

Sollte ich mich deswegen schlecht fühlen? Vielleicht, doch es ist mir egal.

Herz über Kopf.

Und wieder liege ich hier, auf diesem weichen Bett. Mit Handschellen gefesselt, unfähig meinen Körper zu bewegen. Das Surren der Nadel wird immer lauter.

„Halt still Liebes, sonst tu ich dir noch weh oder versaue des ganze Bild", mahnt mich Layer mit leiser Stimme, ohne dabei von meinem

Fußknöchel aufzusehen, den er mit ruhiger Hand tätowiert.

Seine Worte ignorierend, beuge ich mich dennoch ein Stückchen vor, um einen prüfenden Blick auf sein Werk zu werfen. Es sieht aus wie ein Fußkettchen aus kleinen Diamanten, von dem seine Initialen wie Schmucksteine baumeln. Ein Beweis, der unter die Haut geht. Das eindeutige Zeichen, dass ich ihm gehöre.

„Wo hast du das gelernt? Bei den Knastbrüdern etwa?", necke ich ihn.

„Ich habe viele Hobbys und das gehört einfach dazu. Tattoos vereinen Schmerz und Glück in einem wundervollen Gemälde. Das gefällt mir", antwortet er emotionslos.

„Hast du die auch selbst gestochen?", erkundige ich mich neugierig und deute dabei auf seinen nackten Oberkörper, der von einer Vielzahl Tattoos geschmückt wird.

„Nur eines davon. Ich bin der Meinung, dass man wissen sollte wie es sich anfühlt, wenn man mehr als nur Druck auf menschliche Haut ausübt. Wie kann ich mit Lust und Schmerz von anderen spielen, wenn ich die Gefühle selbst nicht kenne?"

Nachdem er das Tattoo beendet hat, nickt er zufrieden und legt die Tattoopistole zur Seite.

„Braves Mädchen. Du hast kaum gezuckt. Nach der Peitsche hast du dir jetzt etwas Zuckerbrot verdient", lächelt er und drückt mir einen leidenschaftlichen Kuss auf die Lippen. Mit einer Hand greift er dabei unter das Kopfkissen und zieht eine Reitgerte hervor.

„Hattest du nicht von Zuckerbrot gesprochen?", frage ich irritiert nach.

„Darling, das ist das Zuckerbrot", erwidert er lachend. Mit festem Griff drückt er mich tiefer in die Matratze. Leder trifft auf Haut. Mit einem leichten Schlag bedeutet er mir, dass ich die Schenkel spreizen soll. Ich tue was er verlangt. Die Ledergerte streicht über meine Haut. Vom Hals wandert sie hinab zu meinen Brüsten, die sie mit sanften Schlägen traktiert. Meine Nippel recken sich dabei erregt nach vorne, was Layer zum Anlass nimmt, kräftig an ihn zu saugen und zu knabbern. Sein Bestrafungswerkzeug gleitet dabei weiter meinen Körper hinab, wo sie zwischen meinen zitternden Schenkeln verschwindet. Vorsichtig streicht er mit ihr über meine Klitoris. Federleicht fühlen sie die

Berührungen an und doch erotisieren sie mich auf unfassbare Art und Weise.

„Gefällt dir das, oder willst du mehr?", haucht Layer mir direkt ins Ohr, bevor er das Ende der Gerte mit etwas mehr Druck auf meinen Kitzler schlägt. Die Mischung aus Schmerz und Erregung treiben mich erneut an den Rand des Wahnsinns. Immer wieder saust das Leder von geringem Abstand aus auf meine Pussy.

„Fick mich", keuche ich zwischen den Schlägen.

„Was war das? Ich habe dich nicht richtig verstanden", triezt Detective Layer mich, woraufhin ich meine Worte mit mehr Nachdruck wiederhole.

„Fick mich, bitte. Ich will dich in mir spüren."

„Nichts lieber als das."

Mit einer fließenden Bewegung entledigt er sich in einem Zug seiner Hose und Unterhose, woraufhin mir sein erigiertes Glied förmlich entgegenspringt. Bevor er seinen harten Schwanz endlich in meine gerötete Muschi schiebt, spuckt er einmal direkt auf meine Klitoris. Nachdem er den Speichel mit seiner Schwanzspitze vollständig verrieben hat, dringt er endlich in mich ein.

Zufrieden stöhne ich auf und kralle sogleich meine Finger in seinen Rücken. Rote Striemen erscheinen auf seiner blassen Haut, während er mir den Verstand herausfickt und mich die Welt um uns herum erneut vollständig vergessen lässt.

Eine Welt voller Bücher

Unvergessliche Abenteuer
Faszinierende Charaktere
Neue Welten und Ideen

Bei Infinity Gaze endet
die Lesereise nie!

Jetzt entdecken unter:
www.infinitygaze.com